目錄

心情差嘅時候
好憎睇心靈雞湯

反而想睇嘴賤嘅嘢

一知道腔叔要出書

都係畫吓啲
Mean嘢咁

等陒呢日好耐!!

我對腔叔嘅毒舌
好有信心

SHUT UP AND
TAKE MY MONEY

推薦序
a4weekly

推薦序應該要寫甚麼好？

呃…

講句恭賀說話～

見到你出書覺得好感動啊～由某一日唔知你乜水，到今日見到你咁受歡迎，仲出埋書～老懷安慰了～

講吓廢腑之言

收工～

得閒飲茶～

多謝♡

IG：a4weekly

Fun Mean

我唔會去替月亮懲罰你
因為你已經得到最大嘅懲罰
就係你個樣

Mean 可以分成兩種
一種係 Fun Mean
即係無傷大雅嘅諷刺
就好似朋友之間嘅互串
並冇傷害對方之意圖

vs 刻薄

你媽死了！
你都快啲落去一家團聚
因為你唔死都冇用！

另一種
係帶有侮辱性嘅刻薄
意圖令人難堪
可能係人身攻擊或者踩低人哋
咁就唔太 Fun 喇

Mean 嘅對象好重要
我哋盡量唔去 Mean 陌生人
因為我哋永遠唔知道人哋嘅背景同經歷
作為一個 Fabulous 嘅寶寶
我哋要顧及自己同別人嘅感受

Mean
陌生人

可以 Mean 嘅應該係
俾你 Mean 完
都唔會有 Hard Feeling 嘅對象
可以係朋友，可以係親人
甚至係可以 Mean 自己
只要你覺得對嗰個人
有足夠了解
就可以嚟 Mean 一 Mean

Mean
自己

Mean
朋友

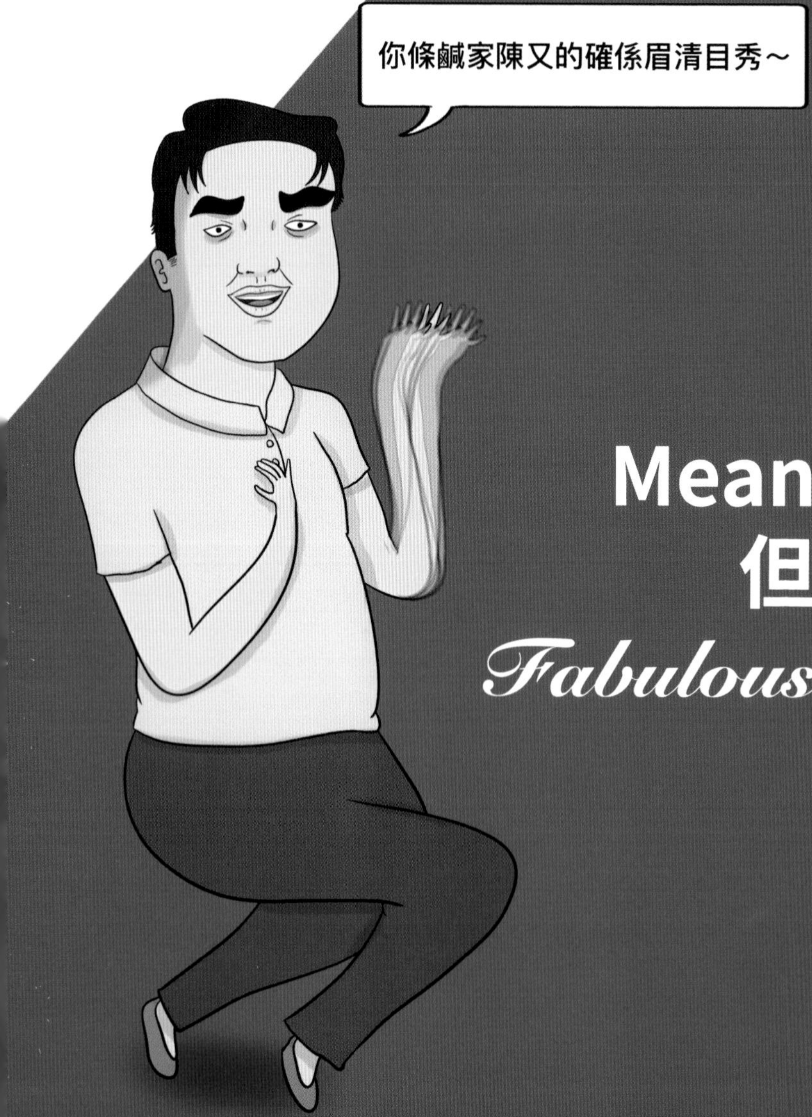

Mean 但 *Fabulous*

你冇錢買衫咩？
你啲衫係咪女人街買㗎？
著到咁MK嘅～

雖然講馬唔使跑得快過隻馬
但笑人之前
都要檢視下自己先
起碼自己唔會太離譜
如果唔係
會俾人笑返轉頭

Chapter 1

兒童戒酒會

15

書展

16

17

遺傳

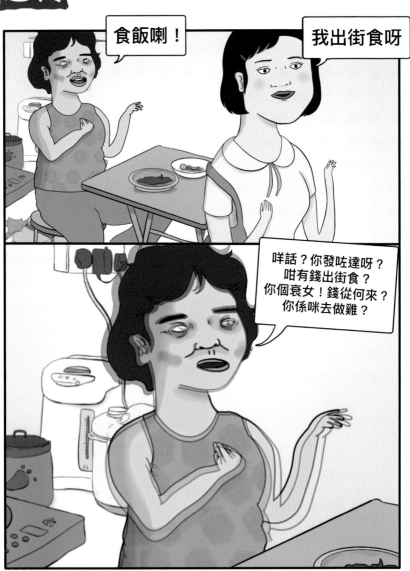

偷偷的背著我喝姨媽的茶

21

阿媽的創意料理

23

無從入手

25

母親の 獨門食譜

豉汁排骨壽司

材料

· 豉汁排骨（其他餸菜亦可）
· 白飯

創作理念

有次電視播緊日本旅遊節目，搞到個仔想食壽司。母親就地取材，用尋晚食剩嘅飯餸，做出充滿創意同愛心嘅豉汁排骨壽司。

罐頭雜果炒飯

材料

· 隔夜飯
· 罐頭雜果

創作理念

本身想買罐頭菠蘿嚟炒飯，但唔小心
買錯罐頭雜果，又唔想再落街買，所
以製作出甜甜嘅罐頭雜果炒飯。

免焗方包Pizza

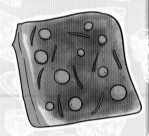

材料

· 方包 　　　· 青椒
· 雞尾腸 　　· 快餐店茄汁

創作理念

某年學校聖誕聯歡會，學校請個仔全
班食Pizza。母親知道咗之後都不甘
示弱，東施效顰製作出充滿本土特色
嘅方包Pizza。

拍拖

31

約定夢幻島

33

Hot Coffee

35

超合早餐

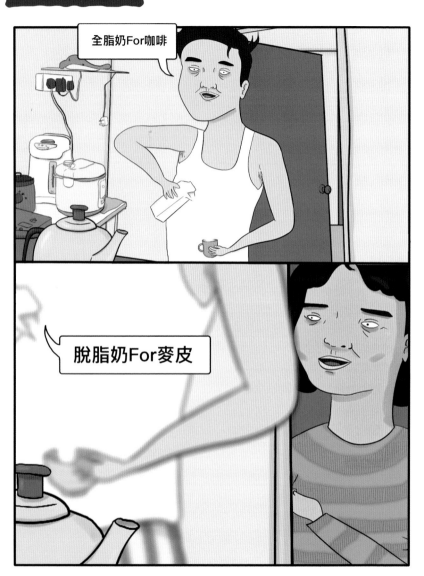

37

番梘

39

媽媽像汽車

41

紅豆的回憶

慢煮魚骨西蘭花Risotto

材料

- 食剩嘅魚同西蘭花
- 白飯

創作理念

母親為咗唔好浪費隔夜餸，將食剩嘅蒸魚同炒西蘭花，放入飯煲加水煮足八小時，將西蘭花同魚肉煮到蓉蓉爛爛，好似意大利菜式Risotto咁。

眉豆雞腳煲穀牛

材料

- 雞腳
- 有穀牛嘅眉豆

創作理念

因為眉豆包裝得唔好，煲完湯發現有大量穀牛浮上面。母親為咗唔好浪費自己嘅心機，決定扮睇唔到，逼全家照飲眉豆雞腳煲穀牛。

蠔油豬大腸生菜

材料

· 蠔油（大量）　　· 滷水豬大腸
· 生菜

創作理念

有日阿仔肚痛，想食得清淡啲。貼心嘅母親為個仔煮咗碟生菜，但煮完覺得淨係得生菜會淡而無味，所以發揮創意，加入隔夜豬大腸同蠔油。

鴨仔山雜草涼茶

材料

· 一堆雜草　　　　· 蔗糖（適量）
· 水

創作理念

有日母親同啲師奶朋友去行山，佢見到山上啲青草，同佢以前鄉下嘅草藥差唔多，所以佢決定摘啲返屋企畀個仔歎吓。雖然啲草冇毒，但亦都冇乜味，所以母親決定要落大量蔗糖去調味。

Chapter 2

神台 Mean 屎，
神憎鬼厭

Mean 父無 Kind 子

喵 You Very Much

51

報仇

逆權鏟屎官

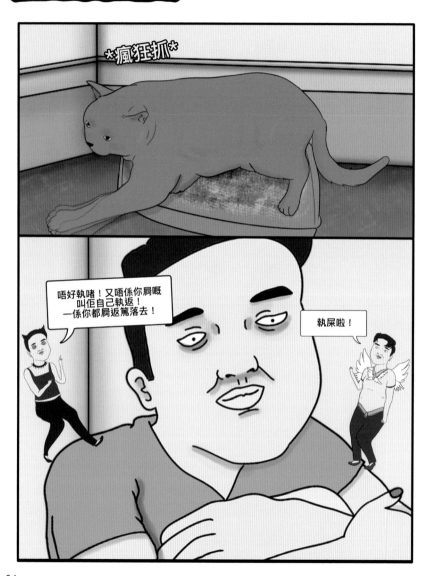

杏仁糖

英國短毛 Cat

59

My Little Hater

愛的呼喚

Kissy Kissy

執屎專家

66

聲東擊西

69

主子與罐罐

71

吸貓

73

Chapter 3

職場
如賤場

迴力鏢

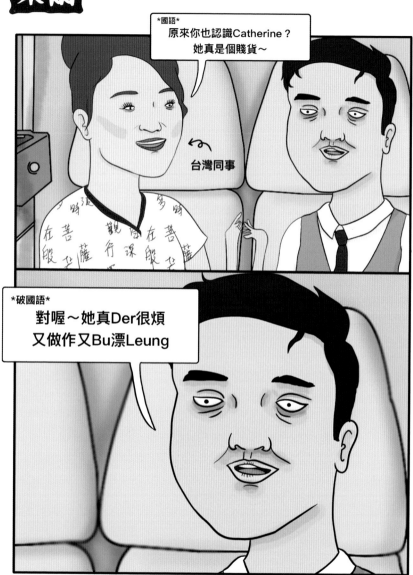

79

Certainly

芬爛人

82

謎之牛肉

短跑冠軍

87

謎之魚肉

89

知男而上

91

辦工室同事的討厭行為

Goodest English

95

慶祝生日

舉手之勞

99

Chapter 4

103

地獄快車

104

105

107

Quit 囉

109

Mean 基

111

113

為你而笑

114

115

彌敦道九號

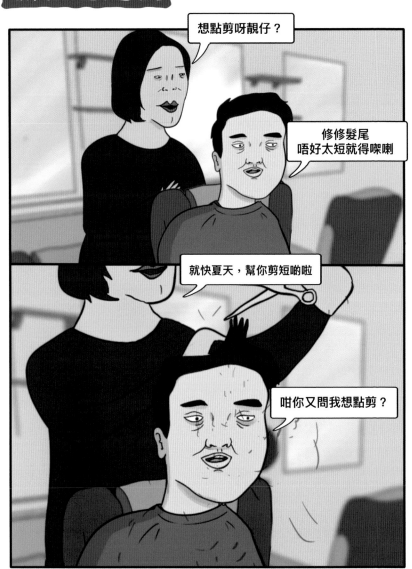

117

Pinku Pinku 的眼妝

119

愛情顧問

121

地獄梗圖

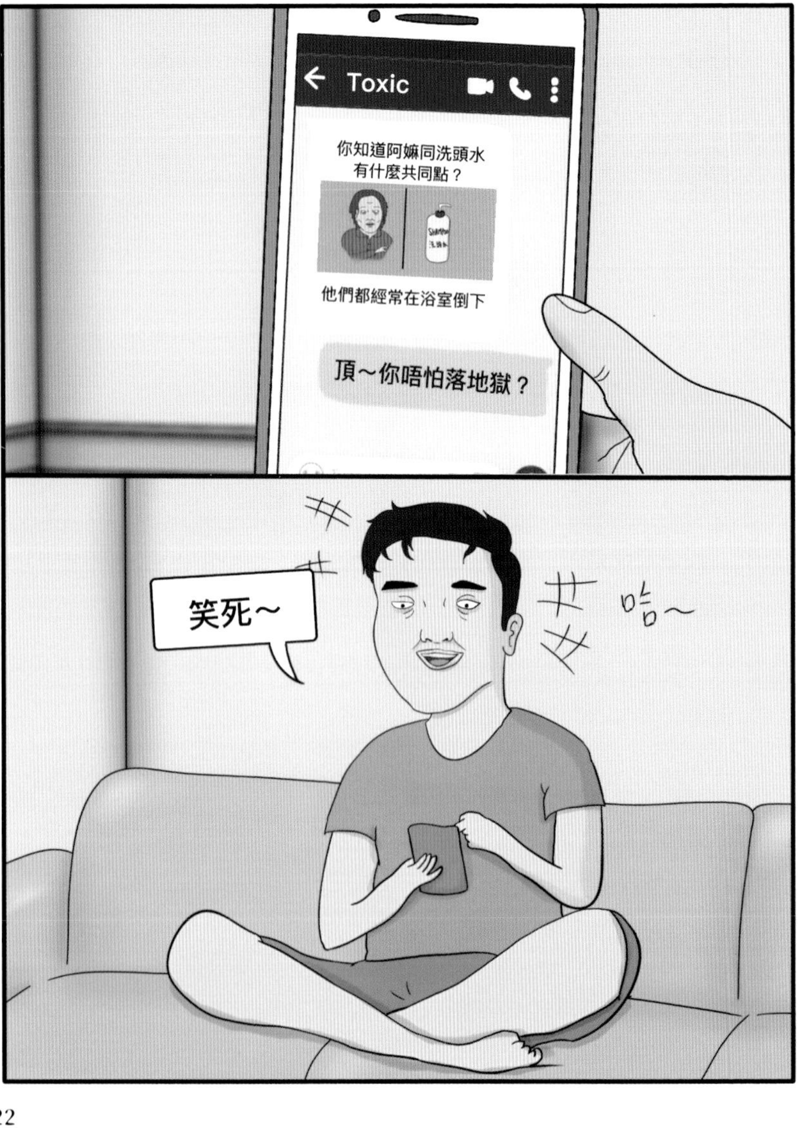

123

記得 CLS

125

諺語

127

分手三百六十次

129

持之以恆

131

求神庇佑

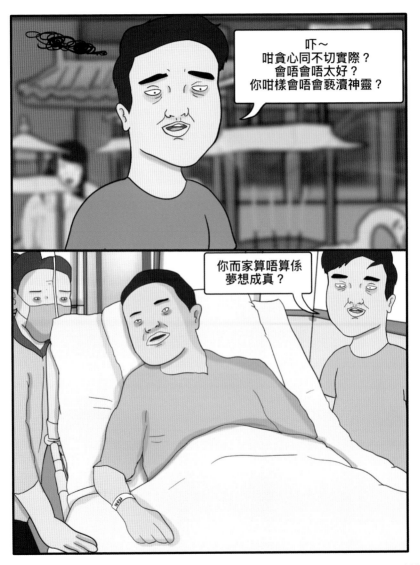

偽 ABC

135

後記

生死有命，
富貴由 Mean

如果你睇到呢度，好多謝你嘅支持！＊畀心心手指＊

有留意開我嘅朋友，都知道我好憎打千字抒情文。因為我覺得呢件事好矯情同做作，好好哋畫畫，講咁多私人事同感受做乜啫？我從來唔係一個好叻表達自己嘅人，不過今次呢篇後記，就破例矯情一次啦～

喺呢度同大家分享個故事，小弟以前啱啱升中學時又肥又怕羞，唔敢同人講嘢，搞到自己成為被欺凌嘅對象。有時會俾人搶走飯錢同搭車錢；有時會俾人拳打腳踢……每日都要捱住餓行路返屋企，有日我忍唔住，返到屋企同阿媽講學校嘅嘢，問佢我可唔可以轉校。阿媽講咗句：「你有得讀書已經好好，有咩問題自己解決！已經買晒冬季校服，唔好諗住轉校！」

我慢慢開始嘗試用幽默感去面對生活各種難題，有人鬧我又肥又醜，我就反駁：「你唔肥，但你全家人啲 DNA 都同我一樣咁醜！」慢慢就習慣用呢種，Mean 但冇惡意嘅態度去做自己嘅自我保護機制。到我大個咗出嚟做嘢保持住呢種性格，有人會覺得好討厭，亦有人會欣賞呢份真實。無論點都好，我都希望可以做自己，真實嘅自己就係最舒服嘅自己。

我有時係 mean，but I mean well，希望大家睇完呢本書笑吓開心吓輕鬆吓。

如果三年前有人邀請我出書，我應該諗都唔敢諗。好感謝出版社嘅支持、多謝兩位畫師 A4 同宅男、多謝 Martin David Grosvenor、最緊要係多謝各位嘅支持，先至可以完成到出書呢個夢想。

原本畫畫放上網只係玩吓，想喺疫情下解吓悶，到而家出書，所有事都好似一場夢咁。

出第一本書，全靠有大家嘅支持同愛先可以成事，唔知道呢本會唔會係我最後一本作品，所以喺呢度再同大家講多次多謝！

各位加油！

Hungzer ♥

作者	Hungjeruncle 腔叔
編輯	Annie Wong、Sonia Leung、Tanlui
實習編輯	Iris Li
校對	馬柔
美術總監	Billy Chan
書籍設計	Heiyi
出版	白卷出版有限公司
	新界葵涌大圓街 11-13 號
	同珍工業大廈 B 座 16 樓 8 室
網址	www.whitepaper.com.hk
電郵	email@whitepaper.com.hk
發行	泛華發行代理有限公司
電郵	gccd@singtaonewscorp.com
承印	Ideastore(HK) Limited
版次	2022 年 6 月 初版
ISBN	978-988-74871-2-8